AF313125

CHARLES BUET

Un Moine
Artiste

SAYNÈTE EN UN ACTE

PARIS

RENÉ HATON, LIBRAIRE-ÉDITEUR

35, RUE BONAPARTE, 35

(Près Saint-Germain-des-Prés)

UN

MOINE ARTISTE

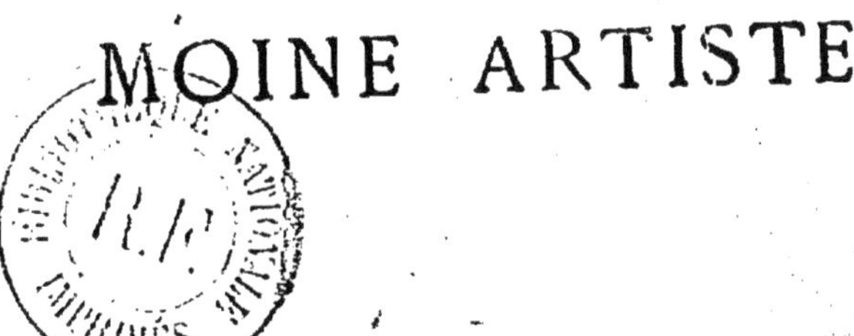

RENÉ HATON, Libraire-Éditeur, 35, rue Bonaparte, Paris.

L'HOMME AU CAPUCHON ROUGE

DRAME EN TROIS ACTES ET CINQ TABLEAUX

Un volume in-12 . . . . 1 fr.

Dans ce drame historique, M. Charles Buet fait revivre l'un des épisodes les plus émouvants des dernières luttes féodales, à la fin du quinzième siècle : le meurtre du baron de Menthon par le seigneur de Compey. Néanmoins les tendres sentiments atténuent l'effet terrible de quelques scènes, et la note comique permet au rire de se mêler aux larmes. Destinée aux cercles, aux collèges, la nouvelle œuvre de l'auteur du *Prêtre* demeure irréprochable dans le fond comme dans la forme, et promet de beaux succès à la jeunesse appelée à l'interpréter. Il va sans dire que toute instructive qu'elle soit, cette pièce n'a rien que d'attrayant, et qu'elle fournira un spectacle admirable, soit par la noblesse et la beauté du style, soit par la beauté du décor.

Elle peut être, du reste, montée sans grands frais.

ÉMILE COLIN — IMPRIMERIE DE LAGNY

CHARLES BUET

Un
Moine Artiste

SAYNÈTE EN UN ACTE

PARIS

RENÉ HATON, LIBRAIRE-ÉDITEUR

35, RUE BONAPARTE, 35

PERSONNAGES

FRÈRE DAMIEN, Dominicain.
FRÈRE LAURENT, prieur des Dominicains.
CHARLES-QUINT.
ALPHONSE D'ESTE, duc de Ferrare.
LÉONARD ZANELLI, bourgeois de Boulogne.
CRISTOBAL, page de l'Empereur.
GIOVANNINO, apprenti de frère Damien.
Seigneurs et officiers, de la suite de l'Empereur.

La scène se passe au couvent des Dominicains,
à Bologne, en 1530.

UN
MOINE ARTISTE

La scène représente une vaste salle transformée en atelier
d'ébéniste, sculpteur sur bois. — Au fond, large porte à double
battant, surmontée des armes de l'ordre de saint Dominique.
— A droite, un bénitier, à gauche, un vaste râtelier garni de
tous les outils à l'usage des ébénistes et sculpteurs. — Dans
un pan coupé, au fond, une niche profonde renfermant un
lit, et fermée par un rideau de vieille tapisserie à demi relevé.
Au premier plan, un cabinet de beau style presque achevé, calé
par des éclats de planches : un établi, avec des rabots ; un
chevalet ; des tas de copeaux ; pour sièges deux ou trois esca-
beaux.

SCÈNE PREMIÈRE

FRÈRE DAMIEN, GIOVANNINO

FRÈRE DAMIEN, *les manches relevées, mettant
de l'ordre sur l'établi.*

Voyons, mon Giovannino : comment veux-tu que
je termine mon *Joseph vendu par ses frères*, en
mosaïque de bois, si je n'ai pas les matériaux qui
me sont nécessaires ?... Il manque la robe de Neph-
tali, qui sera en bois rouge de l'Inde, et le turban
d'Issachar, en citronnier jaune... Tu aurais dû aller
chez ce vieux juif Lombard, qui a sa boutique sous
la tour Garisenda...

GIOVANNINO, *l'interrompant.*

Fermée !... comme toutes les autres boutiques,
mon révérend frère !

FRÈRE DAMIEN, *allant et venant.*

Maître Pompée, près du dôme San Petronio?...

GIOVANNINO, *affirmant.*

Les volets et les barres de fer. — Pas un trou
pour le passage d'une souris.

FRÈRE DAMIEN, *s'animant.*

L'atelier de Salvator Barbenoire, sur le chemin
de San Michele?

GIOVANNINO

Une forteresse!... Barricadé...

FRÈRE DAMIEN, *en colère.*

Au diable!... Pardon, mon petit... La langue m'a
fourché... (*D'un air découragé.*) Que se passe-t-il
donc à Bologne?

GIOVANNINO

Je vous l'ai dit, mon révérend... C'est l'empereur!...

FRÈRE DAMIEN, *irrité.*

Et qu'est-ce que la majesté sacrée de l'empereur,
roi des Romains, peut avoir à faire avec le juif
Lombard, maître Pompée, et l'homme à la barbe
noire?... Tu m'en donnes à garder, Giovannino!...
Gageons que tu as perdu le temps à jouer à la *morra*
avec les faquins de la rue Majeure, et autre mauvaise compagnie!

GIOVANNINO, *offensé.*

Gagez tant que vous voudrez, seigneurie. Vous
perdrez, voilà tout.

FRÈRE DAMIEN, *de mauvaise humeur.*

N'empêche! Il me faut deux billes de verre bleu
pour les yeux de Zabulon, une branche de corail
pour le bâton du chef des marchands ismaélites, et
de la nacre verte pour les feuilles de palmier. Tu
vas m'aller chercher tout cela chez le joaillier, ver-
rier de Venise, Orio Zadoër... Là-bas, près du
palais Hercolani. Tu as compris?

GIOVANNINO

La banque du joaillier est close, frère Damien...
(*D'un air mutin.*) Vous ne voulez pas comprendre.

FRÈRE DAMIEN

Je comprends que tu es un paresseux, qu'il fait
chaud, que le soleil brunit tes joues roses... (*Fouillant dans sa poche.*) Tiens ! voici dix baïoques... Tu
boiras une orangeade glacée, mauvais sujet !

GIOVANNINO, *empochant la pièce.*

Et pour le joaillier?

FRÈRE DAMIEN, *impatienté.*

Nous lui devons déjà des plaques de lapis et des
tronçons d'ivoire. Il apportera son mémoire au père
procureur.

GIOVANNINO, *riant.*

J'y vais donc!... mais si la banque n'est pas ouverte, je vous préviens que j'irai muser devant San
Petronio : il y a là des lansquenets allemands qui
sont magnifiques, avec leurs habits tailladés noir et
bleu, et leurs toques à créneaux empanachées de
plumes jaunes... Et des épées à deux mains, propres
à couper en deux un chevalier en bronze.

FRÈRE DAMIEN

Va... va! et gare qu'un de ces sauvages Allemands ne te prenne en croupe et ne t'emmène
chasser l'ours dans son pays!... (*Giovannino sort.*)

SCÈNE II

FRÈRE DAMIEN, *seul, rangeant ses outils, examinant le
bas-relief en marqueterie posé sur un chevalet.*

Que Madame la Vierge m'assiste si tous ces gens
de Bologne ne deviennent pas fous!... Qu'ils fer-
ment leurs boutiques le dimanche et les jours de
fête de précepte, c'est leur devoir de bons chré-
tiens... mais pendant la semaine!... Quel jour
sommes-nous?... mardi... Oui, c'est bien mardi...

Je vous demande un peu la mouche qui les pique d'aller se divertir le mardi !... Voyons !... Oui, ces petites briques en noyer clair font bien la margelle de la citerne... Est-ce que les Hébreux connaissaient la brique ?... (*Réfléchissant.*) Assurément, car les temples de Ninive... (*Prenant un outil et travaillant au bas-relief.*) Là... et là... deux rubans de bois d'érable pour imiter les rayures... Ces trafiquants ismaélites étaient des espèces de Sarrasins !... (*Un temps.*) Il est gentil, ce petit Giovannino; mais je crois qu'il se moque de moi. Que maître Pompée se divertisse... Il aime le bon vin et la chère lie, le pauvre homme... Que la Barbe noire promène sa femme qui veut montrer sa robe et ses chaînes d'or... Passe. (*Riant.*) Gourmandise et vanité mènent la moitié des hommes par le bout du nez... Mais le juif Lombard ? Il vendrait les cheveux de sa tête, celui-là, pour gagner un misérable sou ! Et qu'est-ce que ça lui fait que notre Saint-Père Clément VIII — honneur à lui ! — s'abouche avec l'auguste empereur Charles ?... (*Toujours occupé à son bas-relief.*) Je ne suis pas si curieux, moi ! (*La porte du fond s'ouvre et laisse voir Léonard Zanelli, qui écoute en riant et s'avance peu à peu sans être vu du moine, distrait.*) Je n'ai pas mis le pied hors de ma cellule, moi !... J'ai reçu la bénédiction de notre Saint-Père le Pape, quand la communauté est allée la recevoir, cierge en main, à la porte San Romano... Et quant aux magnifiques seigneurs que César traîne à sa suite, ce que je m'en soucie !... (*Il fait claquer ses doigts d'un air de dédain.*)

SCÈNE III

FRÈRE DAMIEN, LÉONARD ZANELLI

LÉONARD, *s'avançant.*

C'est bien le tort que vous avez, mon frère !

FRÈRE DAMIEN, *se retournant, gracieux.*

Ah ! c'est vous, messer Léonard Zanelli... Soyez le bienvenu, et Dieu vous bénisse. Entrez, entrez donc.

LÉONARD, *lui tendant la main.*

Mais je suis entré, mon frère, vous voyez bien. Et j'ai refermé la porte. Votre santé est bonne ?

FRÈRE DAMIEN, *paisiblement.*

J'ai soixante ans, et j'attends la première maladie. Asseyez-vous, mon digne ami. (*Léonard prend un escabeau.*) Et dites-moi à quel propos vous m'accusez.

LÉONARD, *étonné.*

Je vous accuse, moi ?

FRÈRE DAMIEN, *avec simplicité.*

Vous m'accusez d'avoir tort. Ai-je péché ?

LÉONARD

Vous avez tort de ne pas vous soucier assez de ce qui se passe à Bologne.

FRÈRE DAMIEN

Puisque j'ai vu le pape !... C'est-à-dire que j'ai vu sa chape de drap d'or et sa tiare, car pour son visage, les éventails des flabellaires me le cachaient.

LÉONARD, *s'animant.*

Et Charles-Quint, vous ne l'avez pas vu ? Non plus que les monarques et princes qui lui font cortège ?...

FRÈRE DAMIEN

Ce sont là personnages qu'un fils de saint Dominique ne peut aborder...

LÉONARD

Taisez-vous ! un artiste comme vous est toujours bien accueilli des grands de la terre.

FRÈRE DAMIEN, *se contenant.*

Un artiste !... parce que je découpe des morceaux de bois !... Je suis un moine, un humble moine, messer Zanelli, et...

LÉONARD, *l'interrompant, avec véhémence.*

Savez-vous qu'il y a, près de l'empereur, le duc de Savoie, Charles le Bon...

FRÈRE DAMIEN, *l'interrompant avec une fine raillerie, et d'un ton qui trahit une parfaite indifférence.*

Et sa femme dona Beatrice de Portugal, qui lui a fait perdre Genève en disant que c'est une bonne auberge.

LÉONARD, *continuant.*

Le duc de Bavière... le margrave de Brandebourg.

FRÈRE DAMIEN, *même jeu et même ton.*

Des altgraves, gaugraves, rhingraves, burgraves, landgraves, tous corpulents, barbus et insolents... Et les bans Croates... et les Esclavons... et les magnats de Hongrie... grands buveurs de bière, et traînant de grands sabres. Oui, je sais qu'ils y sont. Et après?

LÉONARD, *d'un ton agressif.*

Après? Il y a nos seigneurs d'Italie... Le marquis de Mantoue, les Gonzague, les Sforza de Milan, les Médicis de Florence... tous capitaines et tous illustres.

FRÈRE DAMIEN, *riant avec moquerie.*

Un demi-cent de petits despotes, riches d'exactions, fous de luxe et de plaisirs ; et après?

LÉONARD

Il y a les princes romains, les barons normands de Sicile, les patriciens de Venise et de Gênes...

FRÈRE DAMIEN, *dédaigneux.*

Que de nobles seigneurs pour porter la queue du manteau de César!

LÉONARD, *continuant à énumérer.*

Des gonfaloniers, des provéditeurs, des podestats...

FRÈRE DAMIEN, *railleur.*

Sans compter les écuyers, les pages, les camé-

riers, les sbires, les spadassins à gages, une tourbe,
une horde, une armée de serviteurs et de vilains
drôles... Et cette volée de vautours et d'éperviers
s'abat sur Bologne comme sur une proie... Les écus
entrent en danse... Le diable y trouve son profit...

LÉONARD, *conciliant.*

Tout doux ! tout doux, mon révérend !... Ne com-
mettez pas le péché de colère... ne jugez pas votre
prochain... (*Un temps. Avec intention.*) Il y a aussi
le magnifique seigneur Alphonse d'Este, duc de
Ferrare...

FRÈRE DAMIEN, *courroucé.*

Ah ! pour celui-là !... n'avez-vous pas honte,
messer Léonard, de prononcer le nom de ce ladre,
de cet avaricieux, de ce tyran ?

LÉONARD, *timidement.*

Il vous a en grande estime... et prétend venir
vous voir avec messire Paul Jove, celui qui écrit
des histoires...

FRÈRE DAMIEN, *l'interrompant.*

Avec une plume d'or ou avec une plume de fer,
selon qu'on le salarie.

LÉONARD, *continuant.*

Et avec le glorieux peintre Titien, le sculpteur
Lombardi, l'architecte Vignole...

FRÈRE DAMIEN, *avec enthousiasme.*

Oh ! ceux-là, qu'ils viennent ! Je m'inclinerai
humblement devant leur génie..... Mais quant au
duc de Ferrare, il ne franchira pas le seuil de ma
cellule, quand il aurait pour escorte tous les lansquenets et tous les reîtres, tous les arquebusiers,
archers et timbaliers qui font la fête dans les rues
de la ville !... Non... non ! avec cette compagnie de
seigneurs, le pauvre frère Damien n'a que faire, et
j'entends qu'on me laisse travailler tranquille...

SCÈNE IV

Les Mêmes, FRÈRE LAURENT, *qui entre après avoir frappé
à la porte, et qui s'avance d'un pas alerte.*

FRÈRE LAURENT

La paix soit avec vous, mes amis !... Messer Léonard Zanelli, je vous salue... Et que dit-on de nouveau en cette ville de Bologne?... Qu'avez-vous, frère Damien? vous avez la mine grondeuse... Votre digne ami vous querelle?...

LÉONARD, *embarrassé.*

Mais non... mais non, mon révérend.

FRÈRE LAURENT, *insistant.*

Oh ! je vois bien qu'il y a quelque chose... On ne vous laisse manquer de rien, cher frère Damien?

LÉONARD, *haussant les épaules.*

Eh ! il ne vit que de pois chiches et d'eau fraîche...

FRÈRE LAURENT, *affectant la sévérité.*

Enfin, je veux savoir qui vous contrarie, pourquoi vous êtes de si fâcheuse humeur, ce que vous avez enfin, frère Damien.

FRÈRE DAMIEN, *avec impatience.*

J'ai... j'ai que toutes les boutiques sont fermées, et que mon apprenti Giovannino ne peut me procurer ce dont j'ai besoin... Comprenez-vous cela?... Un juif qui met les volets... Un joaillier qui se barricade?... (*S'animant.*) Et lui, Giovannino?... Voici près d'une heure qu'il est parti?... Où est-il?... A regarder, bouche bée, les panaches des Allemands? à jouer à la marelle avec les valets des Espagnols... (*Grommelant.*) Comme si le pape Clément n'était pas aussi bien à Rome, et l'empereur Charles dans sa ville impériale !...

FRÈRE LAURENT

Que dites-vous, frère Damien? Vous murmurez contre notre Saint-Père, contre le glorieux Auguste?

Oh! oh! Ce sont propos rebelles que vous tenez légèrement...

FRÈRE DAMIEN, *humblement incliné.*

Je vous demande pardon, père prieur. (*Se redressant.*) Mais ce bas-relief reste inachevé, et je l'ai promis pour la fin de la semaine au seigneur de la Mirandole... Cent beaux sequins d'or, qui serviront à payer à la dame Propertia de Rossi la statue qu'elle a coulée en bronze de notre saint père Dominique... (*Soudainement exaspéré.*) Ce Giovannino! Je vous demande un peu... Il aura bu mes dix baïoques !...

LÉONARD, *sentencieux.*

Qui donne de l'argent à un garçon lui donne du poison.

FRÈRE LAURENT, *à frère Damien.*

Vous travaillerez demain... Allez voir de la fenêtre du clocher le cortège de leurs Altesses de Mantoue et de Ferrare.

FRÈRE DAMIEN, *avec dépit.*

Je ne suis pas curieux... Et je ne chôme qu'aux dimanches et jours de fêtes...

LÉONARD, *conciliant.*

Je crois bien! On se dispute à prix d'or vos ouvrages, et il faut être prince pour acheter la moindre chaise à dosseret sortie de vos mains.

FRÈRE DAMIEN

J'ai donné aux bénédictins du Mont-Cassin deux ais à couvrir un antiphonaire, en olivier incrusté d'étain.

FRÈRE LAURENT

Oui, mais ils nous ont donné, eux, le beau missel enluminé par leur père dom Placide...

FRÈRE DAMIEN, *avec feu.*

Lequel je veux relier en deux ais de bois de santal où je figurerai avec de l'aventurine, de l'ivoire et des pierres dures, d'un côté la crucifixion, de l'autre notre chien portant dans la gueule une torche enflammée...

FRÈRE LAURENT

Patience donc !... A chaque jour suffit sa peine. Et pour vous punir de l'excès du zèle et de la chaleur que vous avez mise en cette discussion, je vous ordonne de vous reposer jusqu'à la collation du soir.

FRÈRE DAMIEN, *poussant un soupir.*

J'obéirai, père prieur.

LÉONARD, *à part.*

Le voici calmé... Oserai-je parler de don Alphonse ? (*Après réflexion.*) Non, je n'oserai pas. (*Un temps.*) Si j'osais !... (*La porte s'ouvre.*)

SCÈNE V

Les Mêmes, GIOVANNINO, *puis* CRISTOBAL

FRÈRE DAMIEN, *apercevant Giovannino et courant à lui.*

Ah ! te voilà, toi ?... d'où viens-tu, fainéant ?... Qu'as-tu fait de mes baïoques, serpenteau ?... Où est mon corail ?... et ma nacre verte ?... Mais répondras-tu, couleuvre ? Et ne mens pas, surtout, *birbone !*

LÉONARD, *à part.*

Ouf ! s'il reçoit avec un discours de ce style monseigneur don Alphonse !...

FRÈRE LAURENT

Là ! Là !... calmez-vous, frère Damien...

FRÈRE DAMIEN, *sans l'entendre, furibond.*

J'étouffe de male rage ! (*A Giovannino.*) Parleras-tu ?

GIOVANNINO, *d'un ton larmoyant.*

Vous ne me laissez pas même saluer le révérend

prieur. (*Affectant de haleter.*) J'ai couru tout d'une haleine.

FRÈRE DAMIEN

Ce n'est pas vrai... Pas un grain de poussière sur tes souliers... (*Allant au bas-relief.*) Dépêche... en deux heures... mon ismaélite...

FRÈRE LAURENT, *l'interrompant.*

Taisez-vous...

FRÈRE DAMIEN, *qui l'interrompt à son tour et revient sur Giovannino.*

Oui, tais-toi... et réponds. Madame la Vierge m'assiste ! as-tu mangé le corail et bu la nacre ?

GIOVANNINO, *narquois.*

J'ai bu un gobelet d'eau d'orange, ainsi que vous me l'avez commandé... Quant au joaillier... Psst ! (*Il fait le geste.*)

FRÈRE DAMIEN, *l'imitant.*

Psst !... (*Il exprime par geste la stupéfaction. Jeu de scène. Léonard et le prieur échangent des signes d'intelligence en riant.*)

GIOVANNINO

Il est devant le palais des Anciens, avec sa femme tout habillée de velours... Et quand je l'ai supplié de venir jusque chez lui pour me donner nacre, corail et perles de verre, savez-vous ce qu'il m'a répondu ?...

FRÈRE DAMIEN

Le mécréant !... Je me plaindrai au podestat !

GIOVANNINO

Il m'a répondu : « Quand on viendrait me chercher pour remettre des émeraudes à la couronne impériale, je ne bougerais pas ! »

FRÈRE DAMIEN, *indigné.*

L'insolent !... Il aura les étrivières !... Et d'abord je n'achèterai plus rien chez lui, pas même un copeau de sapin !

GIOVANNINO

Il n'en vend pas... Cependant...

FRÈRE DAMIEN, *avec espoir.*

Cependant ?...

GIOVANNINO, *malicieux.*

Il vous enverra tout ce qu'il vous faut, demain matin, avant la messe... Et même il ajoute au paquet une bille d'agate grosse comme mon poing et deux beaux coquillages de mer à lui donnés par un capitaine espagnol qu'il héberge... C'est un petit cadeau qu'il vous fait.

FRÈRE DAMIEN, *attendri.*

Le brave homme !... J'aurai donc patience, Giovannino.

LÉONARD

Tout est bien qui finit bien, mon révérend... Et puisque vous voici plus content... Je dois m'acquitter d'un message... vous présenter une requête. (*A part.*) Il va se fâcher pour sûr... Ah ! si le sommelier de don Alphonse ne m'avait promis ce barillet de vin lombard !...

FRÈRE DAMIEN, *soupçonneux.*

Un message ?... Une requête ?... (*Un temps.*) Ah ! oui, ce pupitre que je vous promis, avec le bœuf de saint Luc pour support ?

FRÈRE LAURENT, *prêtant l'oreille, à part.*

Que se passe-t-il donc ? On fait bien du vacarme à la porte du monastère !

GIOVANNINO, *brusquement.*

Ce n'est pas tout.

FRÈRE DAMIEN

Ce n'est pas tout ? (*A Léonard.*) Quoi? (*A frère Laurent.*) Qu'est-ce ?

FRÈRE LAURENT *et* LÉONARD, *ensemble.*

Parle vite, Giovannino !

GIOVANNINO

Eh bien, en même temps que moi, un page monté

sur un beau genêt d'Espagne caparaçonné de campanes et de franges d'argent arrivait à la porte du monastère. J'entrai tout droit, mais lui mit pied à terre, attacha la bride du cheval à l'anneau de fer, et frappa trois grands coups de heurtoir sur la porte.

FRÈRE LAURENT

Un page ?

LÉONARD, *vivement.*

A la livrée du duc de Ferrare ?

GIOVANNINO, *vivement.*

Aux livrées de l'empereur... On vous cherche partout, révérend prieur... (*Frère Laurent s'élance vers la porte et l'ouvre. Sur le seuil apparaît Cristobal, incliné, la toque à la main. Il entre.*)

CRISTOBAL

Salut à vous qui êtes ici... Je viens annoncer au bon frère Damien...

FRÈRE DAMIEN, *s'avançant.*

C'est moi.

CRISTOBAL

Que l'empereur, mon maître, se dirige vers ce monastère pour le voir et l'entretenir... Sa Majesté est accompagnée de M. le duc de Ferrare...

FRÈRE DAMIEN, *haut.*

Don Alphonse chez moi ! (*A part. Résolument.*) Nous verrons bien. Charbonnier est maître en sa loge, et moine en sa cellule. (*Haut.*) Un pareil honneur à moi, indigne !

LÉONARD, *à part.*

Il prend la chose mieux que je n'aurais pensé. (*Haut, à frère Laurent.*) Courez, père prieur... Un tapis... Un fauteuil... Une collation... Appelez le frère cellerier... le sacristain !...

FRÈRE DAMIEN

Tout beau ! tout beau, messer Léonard. (*Il va

fermer la porte restée ouverte.) Vous ne pensez pas
que Charles-Quint va entrer dans cet atelier, tan-
dis que nous avons un parloir tout orné de boise-
ries de vieux chêne, où il y a le fauteuil du prieur...
et, par terre, une natte en paille de riz !... Patience
donc ! On nous viendra querir... et... Ciel ! qu'en-
tends-je. *(Il se fait un grand bruit, au dehors, dans
le cloître. Des pas nombreux, des voix, des rires. On
frappe à la porte. Silence. On frappe de nouveau.
Jeu de scène.)*

FRÈRE DAMIEN, *éperdu, se dirige vers la porte.*
D'une voix altérée.

Qui est là ?

UNE VOIX, *au dehors.*

Moi, Charles d'Autriche ! *(Frère Damien ouvre la
porte à deux battants. On voit dans le cloître l'empereur, sa suite, seigneurs, officiers, moines.)*

SCÈNE VI

Les Mêmes, CHARLES-QUINT, DOM ALPHONSE, DUC DE
FERRARE, SEIGNEURS ET OFFICIERS DE LA SUITE DE L'EMPEREUR

CHARLES-QUINT, *debout sur le seuil, et sans entrer,
se retournant vers sa suite.*

Voyez, messieurs, c'est bien ici. *(Au frère Damien.)* Vous êtes le frère Damien ?

FRÈRE DAMIEN, *fléchissant le genou.*

Pour obéir à la majesté sacrée de l'Empereur...

CHARLES-QUINT

Quel est votre nom dans le monde, frère Damien ?

FRÈRE DAMIEN, *se relevant.*

Sire, je l'ai oublié. *(Mouvement d'étonnement.)*

CHARLES-QUINT

Où êtes-vous né?

FRÈRE DAMIEN

Dans une cabane de pêcheurs, sur les bords de
l'Adriatique.

CHARLES-QUINT

Vous avez une famille?

FRÈRE DAMIEN

Nombreuse, grâce à Dieu!... Tous mes frères
dans l'ordre de saint Dominique... et particulière-
ment ceux de ce monastère où je suis entré comme
novice, il y a quarante ans.

CHARLES-QUINT

Vous n'aimez pas la gloire, frère Damien?

FRÈRE DAMIEN

La gloire, pour un moine, c'est de suivre la règle,
de jeûner, de prier, de travailler, jusqu'au jour où
son âme ira vers Dieu, où son corps sera rendu à
la terre... Mais ne daignerez-vous point franchir le
seuil de ma cellule, auguste empereur?

CHARLES-QUINT

Je suis venu pour vous y voir, mon frère. Vous
êtes un grand artiste, me dit-on... (*Il fait un pas en
avant.*) Je vois là un bahut sculpté à ravir... Pour
qui est-il?... Et ce bas-relief? (*Il entre.*)

FRÈRE DAMIEN

Le bahut n'est encore à personne... Quant à ce
panneau, le seigneur de la Mirandole veut bien le
payer cent sequins d'or.

LÉONARD, *à part.*

Le bonhomme sait faire valoir sa marchandise;
mais comme il surveille du coin de l'œil monseigneur de Ferrare!

FRÈRE LAURENT *un genou en terre.*

Daigne Votre Majesté agréer l'hommage du prieur
de ce monastère!

CHARLES-QUINT, *avec bonté.*

Relevez-vous, mon père. (*Détachant son escarcelle
qu'il donne à Giovannino.*) Tu es l'apprenti, enfant!
Prends ceci pour t'établir quand tu seras devenu
maître. (*S'adressant au duc de Ferrare.*) Eh bien,

mon cousin, vous n'entrez pas? (*Frère Damien se place entre l'empereur et la porte.*)

FRÈRE DAMIEN, *rudement.*

Ce seigneur est du sang de Votre Majesté?...

LÉONARD, *à voix basse.*

Le duc de Ferrare... Don Alphonse.

GIOVANNINO, *fouillant dans l'escarcelle.*

(*A part.*) Il y en a bien une livre pesant... Tout en pièces d'or! Quelle aubaine!... On ne m'appellera plus fainéant, ni vilain drôle, désormais. Combien ma mère sera joyeuse!... Ah! c'est beau d'être empereur et de pouvoir, comme Dieu, faire des heureux!

FRÈRE DAMIEN, *à don Alphonse, brusquement.*

Ainsi, vous êtes le duc de Ferrare?

DON ALPHONSE, *qui s'avance pour entrer.*

Oui... sans doute... Ne me connaissez-vous pas?

FRÈRE LAURENT

Le Mécène des sciences et des lettres!...

LÉONARD

Le protecteur du poète Arioste!

GIOVANNINO, *à part.*

Un beau seigneur, par Bacchus! mais qui n'est point tendre à ses rivaux.

FRÈRE DAMIEN, *barrant le passage au duc. Avec éclat.*

Veuillez demeurer dans le cloître, monseigneur, il ne me plaît pas que vous mettiez le pied chez moi.

FRÈRE LAURENT, *stupéfait.*

Une telle audace!... Oh! frère Damien. (*Il témoigne un violent effroi.*)

LÉONARD, *à part.*

Le bonhomme joue un jeu à se faire jeter dans le plus profond cachot de la forteresse. (*Haut, d'un ton conciliant.*) Voyons, mon ami!

DON ALPHONSE, *gaiement.*

Comment ! vénérable frère, vous me chassez ?...
(*Il rit.*)

CHARLES-QUINT, *étonné.*

Oh ! oh ! que faites-vous, mon révérend ?... Vous
ne souhaitez pas la bienvenue à mes amis ? (*Murmures des seigneurs et des officiers.*)

FRÈRE LAURENT, *ému.*

Sire, daignez pardonner...

FRÈRE DAMIEN, *l'interrompant et s'adressant
à l'empereur.*

Que Votre Majesté m'excuse. J'accueillerai avec
bonne grâce tous les autres amis de Votre Majesté ;
mais quant à cet homme, je ne veux pas qu'il entre
chez moi.

CHARLES-QUINT, *sévère.*

Cet homme ! Mais cet homme, comme vous l'appelez, c'est le duc de Ferrare.

FRÈRE LAURENT, *suppliant.*

Cet homme !... Oh ! frère Damien...

GIOVANNINO, *à part.*

Je m'amuse bien plus que sur la grande place, à
voir les panaches allemands !

FRÈRE DAMIEN, *écartant les bras pour barrer
de nouveau le passage au duc.*

Je connais parfaitement Son Illustrissime Seigneurie, le magnifique prince d'Este, duc de Ferrare, parent de Votre Majesté, parent du roi de
France, parent de tous les souverains de la chrétienté... Oui, oui... je le reconnais fort bien et j'ai
eu tort de le nier... Mais c'est précisément parce que
je reconnais cet illustre seigneur que je ne veux pas
qu'il mette le pied chez moi. (*Don Alphonse rit.
Murmures. Jeu de scène.*)

CHARLES-QUINT

Oh ! oh ! vous avez dit « Je veux » ! devant moi,

mon révérend !... Et si, à mon tour, je disais : « Je veux ! »

FRÈRE DAMIEN, *avec fermeté.*

J'aurais le profond regret de désobéir à Votre Majesté.

CHARLES-QUINT

Parce que ?

FRÈRE LAURENT, *sévèrement.*

Il est temps que cette scène déplorable ait une fin, et je vous ordonne, mon frère...

CHARLES-QUINT

Laissez... laissez, monsieur le prieur. (*Au frère Damien.*) Vous oseriez ne pas obéir...

FRÈRE DAMIEN

J'oserais, s'il agrée à Votre Majesté, lui rappeler que, ce logis étant le mien, j'y laisse entrer qui me plaît et j'en éloigne qui me déplaît.

DON ALPHONSE, *mécontent.*

Tout au moins me direz-vous, sire moine, quelles raisons vous incitent à m'offenser par si griève injure ?... Et si vos raisons sont valables, je ne barguignerai pas à vous faire amende honorable, foi de descendant du divin Hercule. (*Il veut entrer.*)

FRÈRE DAMIEN, *l'arrêtant.*

Un moment, je vous prie. Je parlerai volontiers ; mais êtes-vous prince à entendre la vérité ?

LÉONARD, *au prieur.*

Sur ma parole, je ne comprends pas que Son Altesse ne bronche pas.

DON ALPHONSE

Je vous engage ma foi de gentilhomme de vous écouter avec patience.

FRÈRE DAMIEN

Sachez donc, mon gracieux seigneur, que lors de mon récent voyage dans vos Etats, et comme je

portais à divers châtelains de votre duché les meu-
bles par eux commandés et payés, vos exacteurs
d'impôts, officiers de police et autre engeance de
bas étage, me firent payer tant de droits de pesage,
droits de travers, droits de tonlieu, pour ces mêmes
ouvrages en bois, si longuement choyés et tra-
vaillés, que je m'en revins céans nanti d'un seul
ducat d'or, de cent que j'avais emportés.

LÉONARD, *à part.*

Oh ! oh ! voici où le bât va blesser Monseigneur...
qui n'est pas un âne !

FRÈRE LAURENT, *à part.*

Voilà où il voulait en venir !...

DON ALPHONSE, *avec dépit.*

De ce qu'un abus a été commis... Au reste, je
châtierai...

FRÈRE DAMIEN, *continuant.*

Or l'argent que je gagne, c'est de l'argent pour
nos pauvres. Nous avons beaucoup de pauvres. Les
guerres des illustres seigneurs d'Italie en font con-
sidérablement...

CHARLES-QUINT, *riant.*

Ceci est une pierre dans mon jardin.

FRÈRE DAMIEN, *continuant.*

Ce n'est pas tout. J'ai appris que M. le duc de
Ferrare fait percevoir des taxes exorbitantes, même
sur les châsses et reliquaires que j'envoie aux cou-
vents de mon ordre qui sont dans ses États.

DON ALPHONSE

Mais je ne suis pas responsable...

FRÈRE DAMIEN, *l'interrompant.*

Or, aucun autre prince d'Italie ne perçoit de pa-
reils droits sur mon œuvre, vous êtes le seul... Vous
êtes le seul qui m'ayez fait subir de si noires vexa-
tions, et vous ne méritez aucunement le renom

qu'on vous a fait de prince généreux et libéral. (*Avec force.*) C'est pourquoi, moi, indigne religieux de l'ordre de saint Dominique, je ne veux pas recevoir dans ma cellule un avaricieux et un ladre.

DON ALPHONSE, *portant la main à son épée, menaçant.*

Par les colonnes d'Hercule !

FRÈRE LAURENT, *levant les bras au ciel.*

Il est fou !... Pauvre homme !... il est fou !...

LÉONARD

Je ne donnerais pas un écu de la tête qu'il y a sous son capuchon.

CHARLES-QUINT, *se mettant à rire, au duc.*

Allons ! cousin, il faut arranger cette affaire-là. (*Jeu de scéne.*)

DON ALPHONSE, *calmé.*

Votre Majesté a raison... et je ne demande pas mieux. (*Au moine.*) Tout d'abord vos griefs ne relèvent que de la maladresse et de l'ignorance de mes officiers. Je n'en fus jamais averti.

FRÈRE DAMIEN

Cela n'empêche qu'ils n'aient causé grand dommage à mes frères, à nos pauvres et à moi.

DON ALPHONSE

Dommage que je veux réparer, car ce sera justice. (*Il détache sa bourse et l'offre au frère Damien.*) Il y a dans cette escarcelle cent ducats en or fin, et une lettre de change de mille ducats de Venise sur un juif lombard qui demeure...

GIOVANNINO, *l'interrompant.*

Sous la tour Garisenda... Je le connais. Sa banque est fermée.

DON ALPHONSE, *hautain.*

Mes hallebardiers l'ouvriront !... Prenez donc ces sommes à titre de restitution, frère Damien. (*Il fait un pas en avant.*) Puis-je entrer ? (*Frère Damien s'é-*

carte et se met à genoux. Le duc, détachant son collier de pierreries.) Voici qui fera un beau diadème à l'image de la Vierge que j'ai vue dans votre église. (*Il l'offre au prieur. S'avançant en scène.*) Maintenant, foi de duc, des lettres patentes seront expédiées dès ce jour, exemptant de tout impôt dans les Etats de Ferrare, frère Damien en particulier, et tous les frères prêcheurs en général.

FRÈRE LAURENT, *s'inclinant.*

Votre Altesse nous comble !

CHARLES-QUINT

Êtes-vous satisfait, frère Damien ?

FRÈRE DAMIEN

Oui, sire. (*Au duc.*) Et je vous remercie, très noble duc, d'honorer à ce point l'art et les artistes. (*Lui montrant le bahut.*) Ce bahut est à vous... mais j'y veux sculpter les armes d'Este...

DON ALPHONSE

J'accepte, mon frère ; vous êtes plus riche que moi : vous créez l'or avec du bois.

CHARLES-QUINT

Et maintenant, monsieur le prieur, allons au réfectoire. Je me suis laissé dire que vous possédez un certain vin muscat... Vous aurez bien quelque friandise à nous offrir...

UNE VOIX, *au dehors.*

La collation de l'Empereur est servie !...

GIOVANNINO, *à part.*

Bonne leçon pour plus tard : parler franc et ne rien craindre. (*L'empereur marche vers la porte, avec le duc, précédé de Cristobal, et suivi du prieur.*)

FRÈRE DAMIEN, *à Léonard.*

Voulez-vous la morale de tout ceci, compère ?... Oui ? Eh bien, c'est que « patience et volonté font plus que force et puissance... »

2

LÉONARD, *riant.*

Ou plutôt que « charbonnier est maître chez soi ».

FRÈRE DAMIEN, *faisant sonner l'escarcelle et le collier.*

Et même chez les autres.

RIDEAU

Emile Colin. — Imprimerie de Lagny.

www.ingramcontent.com/pod-product-compliance
Ingram Content Group UK Ltd.
Pitfield, Milton Keynes, MK11 3LW, UK
UKHW022331170726
13837UKWH00005BA/2227